Société Nationale Havraise d'Etudes Diverses

(Extrait du Compte-Rendu de 1870-1871)

# POÉSIES

PAR

### Victor FLEURY

HAVRE

IMPRIMERIE LEPELLETIER

1873

# LES OISEAUX DE PASSAGE

d'après Stagnelius

(SUÈDE)

## Par M. Victor FLEURY

Membre Résidant

Les oiseaux, en troupes légères,
S'envolent, comme avec effort ;
Car pour des rives étrangères,
Ils quittent les pays du Nord.
Leur chant, au bruit du vent se mêle,
Plaintif il s'élève et révèle
Un regret à chaque coup d'aile,
A chaque soupir un adieu :
— Oh ! disent-ils dans leur langage,
Où nous appelle ton message,
Instinct, vers quel lointain rivage,
Nous pousse le souffle de Dieu ?


Dans l'espace libre d'entrave
Nous allons, inquiets pourtant,
Loin de la terre Scandinave,
Loin des cieux que nous aimons tant !
Là, sans prévoir l'avenir sombre,
Dans les tilleuls en fleurs pleins d'ombre,
Nous avons grandi ; là, sans nombre
Nous avons fait nos premiers nids ;
Là, dans les branches parfumées,
Le bec sous nos ailes fermées,
Bercés par des brises aimées,
Nous avons couvé nos petits.

Dans nos forêts, aux regards closes,
La nuit était si belle encor,
Avec sa couronne de roses,
Avec son crépuscule d'or !
Elle étincelait si vermeille,
Qu'à l'heure où tout être sommeille,
Nous chantions, prolongeant là veille,
Ivres de joie, ivres d'amour ;
Et que quand l'aube en souveraine
Splendide, illuminait la plaine,
Assoupis, nous pouvions à peine
La saluer à son retour !


Puis, nous aimions tant les vieux chênes
Aux larges rameaux si touffus,
Où, du soir, les fraîches haleines
Bégayaient leurs soupirs confus,
Où, de rosée étincelantes
Les feuilles, toutes ruisselantes,
Sur les églantines tremblantes
Pleuraient des perles au matin !...
Maintenant leur front sans ombrage
Des tempêtes subit l'outrage,
Et déjà, tombant du nuage
La neige blanchit le chemin !...


Déjà le sombre hiver arrive,
Il vient nous chasser de ce bord !
Que ferions nous, troupe plaintive,
Plus longtemps aux pays du Nord ?
Chaque jour le soleil décline,
Plus pâle, avec peine il domine
Le brouillard blanc de la colline ;
Cette terre est comme un tombeau !
Nos chansons que chanteraient-elles ?...
Si Dieu nous a donné des ailes
C'est pour fuir les saisons cruelles,
C'est pour chercher un ciel plus beau ?

Errante entre les cieux et l'onde,
Ainsi, dans son instinct si sûr,
Chante la troupe vagabonde,
Qui se perd au lointain obscur.
Bientôt, sur un autre rivage,
Les pauvres oiseaux de passage
Se reposent de leur voyage
Dans les rameaux du myrthe en fleur ;
Là, le pampre vert se balance,
Là, le ruisseau coule en silence,
Là, tout est rayon d'espérance,
Tout respire amour et bonheur !...


Quand le vent d'automne s'élève
Et gémit annonçant l'hiver ;
Quand ta joie ici-bas s'achève
Et se change en regret amer,
Ne désespère pas mon âme !
Dieu donne à l'être qui réclame :
A l'oiseau le soleil de flamme
Au delà des verts océans ;
A l'âme, au delà de la vie,
Le ciel pour nouvelle patrie,
Le ciel, jardin plein d'harmonie,
Où règne un éternel printemps !

# A MON CŒUR

POÉSIE SCANDINAVE

## Par M. Victor FLEURY

Membre Résidant

Dors, oublie, ô mon pauvre cœur !
Dors sans regrets, dors sans souffrance,
Dans ton sommeil plein de langueur
Laisse le rêve ou l'espérance !

O mon cœur, n'as-tu pas cueilli
Longtemps, et d'une main ravie,
Les fraîches roses de la vie ?
Hélas ! les roses ont vieilli,
Mon front plus rêveur a pâli,
Et ta jeunesse s'est enfuie !...

N'as-tu pas eu ton mois de mai
Tout parfumé de fleurs nouvelles,
Ton ciel bleu semé d'étincelles
Rayonnant à ton œil charmé ?
Hélas ! il est doux d'être aimé,
Mais l'amour vole à tire d'ailes !...

Ne fût-il pas un heureux temps
Où tu recueillais au passage,
Chansons d'oiseaux dans le feuillage,
Soleil aux rayons éclatants ?
Ils ont fui les jours de printemps...
Ton hiver vient, mon cœur, sois sage !

Dors, oublie, ô mon pauvre cœur !
Dors sans regrets, dors sans souffrance,
Dans ton sommeil plein de langueur
Laisse le rêve ou l'espérance !

# POÉSIES

Par Victor FLEURY

# FLEURS DE PRINTEMPS



Fleurs de printemps, mignonnes fleurs,
Qui livrez parfums et couleurs
Aux papillons comme aux abeilles,
    Frêles amours,
    Restez toujours
      Vermeilles !


Fleurs de printemps, charmantes fleurs,
Où le matin répand ses pleurs
En diamants, en étincelles ;
    Sous le ciel bleu,
    Œuvres de Dieu
      Si belles !


Fleurs de printemps, ô tendres fleurs !
Je vous regarde, et mes douleurs
Doucement se fondent en larmes ;
    Mon cœur souffrant
    Si bien comprend
      Vos charmes !

# AZÉNOR LA PALE [1]

La petite Azénor la pâle
Est fiancée, elle en gémit,
Et sa douleur est sans égale,
Car ce n'est pas à son ami,

A celui que son cœur demande,
A son doux clerc de Mezléan
Qui la conduisait sur la lande
Et qu'elle aime depuis un an !....

## I

Un jour, au bord de la fontaine,
Des genêts cueillant les fleurs d'or,
Rêveuse et regardant la plaine,
Toute seule était Azénor ;

Sur l'humide margelle assise,
Aspirant les parfums de l'air,
La belle Azénor indécise
Faisait un bouquet pour son clerc.

---

(1) Chants populaires de la Bretagne.

Elle avait sa robe de soie,
Sa robe jaune des beaux jours,
Et toute à sa naïve joie
Elle souriait aux amours ;

Quand tout-à-coup passa près d'elle,
Comme une ombre planant sur l'eau,
Sur son fier cheval isabelle,
Messire Iwen, au grand galop.

Et le seigneur troublé dans l'âme,
En la voyant se dit tout bas :
Cette belle sera ma femme
Ou certes je n'en aurai pas !

## II

— Vite, que l'on cherche au village
Un messager rapide et sûr,
Il faut que j'écrive un message
A mon Azénor au cœur pur !

Ainsi parlait en sa demeure
Le clerc de Mezléan un jour :
— Il ne manque point à cette heure
Ici des messagers d'amour,

Mais nous craignons que votre lettre
Au manoir n'arrive trop tard,
Répondait-on au jeune maître
Qui, pensif, cherchait du regard.

## III

— Dis-moi, ma suivante fidèle,
Toi qui, seule, me plains encor ;
Cette lettre que contient-elle
Pour la malheureuse Azénor ?

— Je l'ignore et je m'en désole ;
Je ne connais rien à cela,
Je n'allai jamais à l'école
Ouvrez vous-même et lisez-la ! »

Azénor lut donc le message,
Lentement, avec désespoir,
Et ses larmes, comme un nuage,
Souvent l'empêchèrent de voir...

Après la lecture fatale,
Son cœur aux sanglots put s'ouvrir ;
— Hélas ! dit Azénor la pâle,
S'il dit vrai, mon clerc va mourir !

Parlant ainsi la pauvre amante
Qui sentait s'enfuir sa raison,
Et dont se brisait l'âme aimante,
Triste, parcourait la maison.

— Pourquoi ces apprêts, disait-elle,
Et ce grand feu dès le matin
Dans notre salle la plus belle,
Pourquoi dresse-t-on le festin ?

Pourquoi là-bas ces équipages,
Ces sonneurs (1) allant et mouvant ?
Ici pourquoi viennent les pages
De Messire de Kermovan ?...

— Dites-moi, ma mère, à cette heure,
Qu'est-il donc de nouveau céans,
Que je vois dans notre demeure
Aller et venir tant de gens ?

— Il n'est rien aujourd'hui ma fille,
Rien de nouveau, mais c'est demain
Qu'en présence de la famille
Sera célébré votre hymen.

------

(1) Musiciens.

— Si c'est demain qu'a lieu ma noce
Ma mère écoutez bien ceci :
On peut déjà creuser ma fosse,
Car j'y serai moins mal qu'ici !


IV

Quand parût l'aurore suivante,
De la rosée humide encor,
Entra la petite servante,
Dans la chambrette d'Azénor.

Elle se mit à la fenêtre
A regarder à travers champs ;
Au soleil qu'ils voyaient renaître,
Les oiseaux adressaient leurs chants.

— Petite, sur la grande route
Que vois-tu venir, dis le moi?
— Ce sont des cavaliers sans doute
Qu'en grand nombre là-bas je voi ;

Car au vent la poussière vole
Comme un nuage blanc, vraiment,
Et leur troupe brillante et folle
S'en vient ici rapidement.

Ils accourent tous à la fête,
Ils sont parés, ils sont beaucoup !
Messire Iwen est à leur tête...
Puisse-t-il se rompre le cou !

Puis, viennent en foule, à sa suite,
Gentilshommes et chevaliers ;
Jésus Seigneur ! comme ils vont vîte !
Seigneur Jésus ! que d'écuyers !

Messire Iwen a pour monture
Uu beau cheval aux longs crins blancs,
Dont les harnais pleins de dorure
Au soleil sont étincelants.....

— Oh ! que cette heure soit maudite,
Cette heure qui l'amène ici !
Que lui-même, et ceux qu'il invite,
Et les miens soient maudits aussi !

Jamais les parents ne s'émeuvent
De nos soupirs, de nos aveux,
Et les jeunes amants ne peuvent
Jamais en ce monde être heureux !


V


Pauvre âme qu'on brise et qu'on froisse,
Cœur plein de trouble et de regret!
En se rendant à la paroisse,
La petite Azénor pleurait !

Quand elle fut devant la porte
De Mezléan le vieux manoir,
Son angoisse éclata si forte
Qu'elle devint du désespoir !

— Si vous ne voulez que je meure,
Je vous en prie, oh! laissez-moi
Revoir encor cette demeure
Et me reposer sous son toit ?...

C'est ainsi qu'Azénor la pâle
Priait son fiancé tout bas ;
Lui, pressant encor sa cavale
Répondit : vous n'entrerez pas,

Je ne saurais vous le permettre,
Car c'est aujourd'hui notre hymen,
Si vous le désirez, peut-être
Y pourrez-vous venir demain.

— Azénor pleurait toute seule
Sur son amour, sur ses malheurs,
Et sa mère, ni son aïeule
Ne venaient essuyer ses pleurs.

Ellé n’avait, la triste amante
Pour la consoler ici-bas
Que l’amitié de sa suivante
Qui lui disait : Ne pleurez pas !

Taisez-vous, taisez-vous, madame,
Et Dieu prendra pitié de vous;
Priez le de toute votre âme,
Priez-le bien à deux genoux !...

A l’autel la douce promise
Pleurait en priant le Seigneur,
Et quand elle quitta l’église,
Les sanglots déchiraient son cœur...

— Approchez, approchez ma fille,
Pour que je passe à votre doigt
Ce bel anneau d’argent qui brille,
C’est le gage de votre foi.

— Vous l’avez exigé, ma mère,
Vous m’avez traînée à l’autel ;
Vous avez fait ma peine amère,
Vous avez fait ce jour cruel !

Et malgré ma douleur extrême,
Je viens d’épouser devant Dieu
Un autre que celui que j’aime ;
Mais vous me pleurerez sous peu !

— Vous péchez par cette parole,
Car j’ai voulu votre bonheur,
Ma petite, vous êtes folle !
Vous épousez un grand seigneur,

Un noble et brave gentilhomme
Riche d’or et de biens aussi,
Et votre clerc est pauvre comme
Tous ces mendiants que voici !

— Cela ne regarde personne,
Et j’aimerais mieux aujourd’hui
Ma mère, demander l’aumône,
Pourvu que ce fut avec lui !...

## VI

-- Azénor, la pauvre petite,
Au beau manoir de Kermorvan
Par son noble mari conduite,
Tomba brisée en arrivant,

A genoux, seule dans sa chambre,
Sans force, sans voix, sans regard,
Laissant comme une vague d'ambre
Flotter ses blonds cheveux épars.

— Seigneur ! vous qui voyez mes larmes,
S'écria-t-elle en son effroi,
Soutenez-moi dans mes alarmes,
Mon Dieu ! prenez pitié de moi !

## VII

Quand son époux, l'âme inquiète,
Entra, minuit sonnant encor :
— Joie et bonheur je vous souhaite
Jeune veuf ! lui dit Azenor..

— Par les Saints et par Notre-Dame,
Pourquoi me parlez-vous ainsi ?
D'aujourd'hui vous êtes ma femme,
Je ne suis pas veuf, Dieu merci !

— Si vous ne l'êtes pas encore,
Vous le deviendrez avant peu
Grâce au chagrin qui me dévore ;
Ecoutez donc mon dernier vœu :

Cette belle robe de noce
Que jamais je ne mettrai plus,
— On n'a qu'un linceul dans la fosse ! —
Elle vaut au moins trente écus,

Mon mari, je veux qu'on la donne
A ma suivante, pauvre enfant,
Qui pour moi fut fidèle et bonne,
Et partagea mes pleurs souvent !

Ce riche manteau que ma mère
Broda pour son enfant aimé,
Alors que son cœur, moins sévère,
A l'amour n'était pas fermé !

Vous le donnerez à l'église,
Pour qu'un prêtre au pied de l'autel
Chaque jour, sur la dalle grise,
Pour mon âme invoque le ciel.

Quant à ma croix d'argent bénite,
A mon chapelet aux grains noirs,
Je vous les donne et vous invite
A les regarder tous les soirs ;

De cette heure triste et fatale,
De ce jour qui me fait mourir,
Puis enfin d'Azénor la pâle,
Ils vous seront un souvenir!...


## VIII

Ecoutez ! les cloches résonnent
Elles tintent lugubrement...
C'est pour un trépas qu'elles sonnent,
Pour un trépas assurément !

Azénor, à son clerc fidèle,
Est morte sans avoir souri,
Appuyant sa tête si belle
Sur les genoux de son mari...

. . . . . . . . . . . . .

Cette ballade fut chantée
Par le vieux barde du manoir ;
Une dame, sous sa dictée
Au Hénan l'écrivit un soir...

# L'ANATHÈME DU TROUVÈRE

#### D'après L⁵ UHLAND (1)

Jadis, sur cette haute cime,
Etait un château noble et fier,
Un château dominant l'abîme,
Et qu'on découvrait de la mer :
Parmi les feuillages des chênes,
Les jardins aux claires fontaines,
Il élevait ses tours hautaines
Comme des fantômes dans l'air.

C'est là que régnait, pâle et sombre,
Un prince orgueilleux et puissant,
Riche en biens, en vassaux sans nombre ;
Mais toujours morne et menaçant.
Oubliant sa mission sainte,
Insensible aux pleurs, à la plainte,
Il disait... tout tremblait de crainte,
Il écrivait... c'était du sang !

. . . . . . . . . . . . .

Vers la royale résidence
Deux chanteurs cheminaient un jour ;
L'un, beau de son adolescence,
De ses yeux bleus noyés d'amour ;
L'autre vieux, à la barbe grise,
Et qui, d'une main indécise,
Eveillait l'écho de la brise
Sur sa harpe de troubadour.

---

(1) Chants populaires de l'Allemagne.

Et le vieillard dit au jeune homme
Qui marchait gaîment près de lui:
Mon fils, de nos airs qu'on renomme
Choisis les plus beaux aujourd'hui :
Rappelle-toi tout ce qui touche,
Que le chant sorte de ta bouche
Tour-à-tour sublime et farouche,
Car le roi succombe à l'ennui!

Bientôt, dans la salle gothique
Les deux chanteurs sont amenés ;
Là, sur un trône magnifique,
De courtisans environnés,
Viennent s'asseoir le Roi, la Reine,
Elle, humble et douce souveraine
Ainsi qu'une étoile sereine
Séduit les regards étonnés.

Pour lui, sous la pourpre royale,
Irrité, superbe, il est là,
Comme l'aurore boréale
Il brille d'un sanglant éclat !
Son front est chargé de menace,
Ses yeux où le feu sombre passe
Errent et cherchent dans l'espace…
Et chacun frissonne déjà !

Mais la harpe mélodieuse
S'éveille sous des doigts amis ;
Tour à tour plaintive et joyeuse,
Elle parle aux cœurs attendris ;
A ces purs accords qu'on écoute
Une voix céleste s'ajoute
Puis une autre encore, et l'on doute,
On dirait un concert d'esprits !

C'est que tous deux, vieillard, élève,
Ils chantent l'amour, le printemps,
La sainte liberté qu'on rêve,
Et les cœurs nobles et contents !

Ils chantent les grandes pensées
Dont leurs âmes sont oppressées,
Et les vertus récompensées,
Et la dignité des vieux temps !

En écoutant cette harmonie
Etrange, inconnue en ce lieu,
Tous ont oublié l'ironie,
Tous se sont rapprochés de Dieu !
Dans sa mélancolique joie,
La reine, à son corset de soie
Arrache une rose, et l'envoie
Aux chanteurs ainsi qu'un aveu !

A cet aspect le roi s'élance,
Sombre, furieux et jaloux,
Et chacun s'écarte en silence
Devant ce terrible courroux...
Eh quoi ! Vous venez, race infâme !
Par vos chants qui séduisent l'âme,
Corrompre et mon peuple et ma femme !...
Malheur alors, malheur à vous !...

Il dit, et son glaive rapide
A percé le jeune chanteur :
Comme un rayon pur et limpide,
Le sang a jailli de son cœur !
Et tandis qu'à flots il s'épanche,
Le grand vieillard à barbe blanche
Vers son élève aimé se penche,
Muet d'épouvante et d'horreur !

Et quand le vieux barde relève
Son front, si sévère et si beau,
Il semble sortir d'un long rêve...
Tout le monde a fui le château !
Son cheval hennit à la porte,
Alors, d'une main encor forte,
Il prend le cadavre et l'emporte
Enveloppé dans son manteau.

Mais, devant le seuil, il s'arrête,
Le cœur brisé d'émotion ;
Il saisit sa harpe muette,
Objet de tant d'affection !
Au fût d'une colonne grise
Avec violence il la brise,
Puis soudain il jette à la brise
Sa sinistre imprécation :


— « Malheur à vous, superbes salles,
Tourelles aux hardis sommets ;
Vastes murailles féodales,
A vous malheur, et pour jamais !
Que les soupirs, que les alarmes,
Les gémissements et les larmes,
Les cris d'effroi, les bruits des armes,
Soient vos seuls concerts désormais!


Malheur à vous, jardins pleins d'ombre,
Pleins de vagues parfums d'amours,
Bosquets aux retraites sans nombre,
Verts gazons, tapis de velours !
Au souffle brûlant de ma haine
Flétrissez-vous!...... claire fontaine
Séchez votre source encor pleine,
Ruisseaux, suspendez votre cours !


Malheur! malheur ! que tout s'efface
Ainsi qu'un rêve décevant!
Qu'un jour l'on cherche en vain la trace
De ce qui fut ici vivant!
Que le pâtre de la colline,
Que le voyageur qui chemine
Ne trouvent que ronce et ruine
Où fut ce palais triomphant !


Malheur à toi, qui, dans mon âme
Jetas et colère et douleur !
A toi meurtrier vil, infâme,
Fléau des troubadours, malheur!...

Que ton nom, ô prince parjure,
Sans gloire dans la nuit obscure
S'éteigne, ou devienne une injure,
Objet de honte et de pâleur !...

Il dit... le ciel semble l'entendre ;
Soudain, les murs sont renversés ;
Il voit les tourelles se fendre
Et combler les larges fossés.
Il entend tomber sur les dalles
Et les armures féodales
Et les plafonds des hautes salles
Croûlant, l'un sur l'autre entassés !

En un instant, tout est décombre ;
Que reste t-il de ce château
Qui se dressait, hautain et sombre,
Comme un géant sur le coteau?...
Une colonne solitaire :
Celle où le barde en sa colère
Brisa sa harpe longtemps chère...
Mais elle croulera bientôt !...

Au lieu des jardins dont l'ombrage
S'agitait, parfumé dans l'air,
Aujourd'hui la lande sauvage
Frissonne triste aux vents d'hiver ;
Et pas un arbuste ne pousse,
Pas un ruisseau frais dans la mousse
Ne soupire sa plainte douce
Au sein de ce vaste désert !...

Nul chartrier, nulle chronique
Ne rappellent ce roi félon !
Nul barde, en son chant héroïque
N'a voulu redire son nom.
Et de l'oubli, linceul suprême !
Il n'est resté que l'anathème
Du vieillard, inconnu lui-même,
Dans les chaumières du vallon !

Havre. — Imp. Lepelletier.

9 782019 256708